まだまだ健康川柳

三途の川も遠ざかる

近藤勝重

GENTOSHA

俳味のある川柳で生き方再発見――「はじめに」に代えて

健康とは？　健康川柳とは？　と考え込むことがあります。毎日新聞（大阪）とMBSラジオの「はやみみラジオ！　水野晶子です」、さらにそれに代わる「しあわせの五・七・五」との共催で始まった「近藤流健康川柳」も2021年4月で15年目に入りましたが、コロナ禍のせいでしょうか、ふとそんな疑問を抱いたりするのです。

健康の概念については、WHO憲章前文の定義を改めて読んでみました。

「身体的・精神的・社会的に完全に良好な状態であり、単に病気、あるいは虚弱でないことではない」

なるほど、と納得できますが、そうだとすると、新型コロナの感染が拡大し始めて以後の僕らは、社会的に健康―不健康の狭間で生きていることになります。冒頭の「？」も、そのことを踏まえずして答えは見出せないように思われます。

コロナ禍はコロナ苦です。ですが、その「苦」を「句」にした作品は日を追って増えてきました。みなさん、決して負けてはいません。マスクとか、ディスタンスとか、三密とか、そんな言葉とともに日々を17音字に描き出し、健康川柳ここにありです。「しあわせの五・七・五」のサブタイトルは「川柳で生き方再発見」ですが、それらの作品を味わっていると、なるほど健康川柳はコロナ禍といった悲観的状況下では、なおさら力を発揮するんだな、と思ったほどです。

ところで、僕が健康川柳に求めてきたのは俳味《はいみ》です。俳味の「俳」に俳句を思い浮かべる方がいるかもしれませんが、室町時代から江戸時代にかけて盛んになった俳諧《はいかい》の「俳」です。手元の辞典には俳味は「俳諧のもっている情趣。軽妙・洒脱な味わい。俳諧味」とあります。また「俳」に「おもしろい。こっけい。おどけ」などの語釈をつけている辞典もあり、それらは川柳の三要素の「うがち。おかしみ。軽み」とどこか重なります。

俳諧は明治以降、俳句と川柳に分かれ、「俳」をより重んじているのは俳句より川柳というのも何だか妙な感じですが、川柳の俳味は「生き方再発見」につながります。

僕は新聞の仕事では「人間の問題」を、週刊誌では「問題の人間」を追ってきましたが、常にこだわっていたのは人間が求めてやまない次の三点です。

欲しているもの

必要としているもの

欠乏しているもの

笑いはそのいずれにも関係しているので、この健康川柳をみんなと始めて、笑いと一緒に元気を与えられる川柳の投句を、「しあわせの五・七・五」のパーソナリティー、水野晶子さんとことあるごとに呼び掛けてきました。

コロナ禍のみならず、地震や台風といった天災、さらには環境問題など、僕らの日々の生活は何かと重苦しさを増しています。この本に収めた作品群が、みなさんの健康増進に役立てばと願っています。

近藤勝重

まだまだ健康川柳　三途の川も遠ざかる　目次

本書に掲載された川柳作品は、
毎日新聞大阪本社発行紙面の「近藤流健康川柳」
（ＭＢＳラジオ「しあわせの五・七・五」共催企画）の掲載句の一部です。

カバー・本文イラスト　佐々木一澄
ブックデザイン　アルビレオ
ＤＴＰ　美創
編集協力　毎日新聞大阪本社
ＭＢＳラジオ「しあわせの五・七・五」

まだまだ健康川柳

三途の川も遠ざかる

腰ヒザに一声かけてウォーキング

萩原正

どないなん？主治医「今年もよろしく」て

身の程知らず

妻に耐えたコロナに負ける訳がない

茶・レンジャー

知人の奥さんは、日ごろからご主人に厳しいのですが、コロナでさらにエスカレートしたようです。ご主人が帰宅すると、靴は外で脱がせ、洋服は玄関で除菌してもらう。そのあとすぐにお風呂に入らなければ居間には入らせない。厳しすぎるかな、と思っていたら、ご主人が「話があるんやけど」。奥さんが構えていると、ご主人は言ったそうです。「家の鍵だけは取り上げんといてな」

デイに行く旦那見送り朝寝する

あつきのあーたん

子供の名忘れクスリの名を覚え

田原勝弘

消費税みたいに付いて来る夫

畠房生

ゴミもって家出したのか戻らない

神奈敏

「忘れてた」ほんとはとても気にしてた

熊沢政幸

病名がつくと病名らしくなる

安川修司

立ち話犬の欠伸でおひらきに

羽室志律江

歳を取り寝るだけなのに力要る

元巨人ファン

でもうれし世辞の一声「変わらんな」

渕崎忠男

振り向いて
筋を違える
年になり

大高正和

老眼に
４Ｋ８Ｋ
変わり無し

毎土きくお

病床もまた良しとする子が囲む
徳留節

妻退院初めてテレずハグできた
豊中のタカシ

「絆」だと思っていたら「紐」だった
大杉フサオ

「をかし」と「あはれ」

「おかしい」の古語は「をかし」です。「魅力的で趣深い」とか「変わっていて面白い」などの意味もあります。平安時代は「しんみりした印象」をいう「あはれ」とともに美意識を代表する言葉だったそうです。「をかし」と「あはれ」をミックスした句、味があります。

妻に耐えたコロナに負ける訳がない（茶・レンジャー）

真夜中にトイレで出会う老夫婦（ゆめさき川）

抱き上げた事もあったと妻を見る（芝原茂）

説明より描写

目の前のものを見て辞書にあるような説明をしては、没個性の表現になってしまいます。それより自分がとらえた印象を言葉にして描き出したほうがより伝わります。心情の吐露より、自分の感覚をどう伝えるか。描写は川柳のみならず、文芸の基本的な技法です。

明日は散る　でも今日生きている桜（リコピン）

がんで亡くなった、僕の同僚だった女性の作品です。最期の時まで病室のラジオを抱き締めるようにして番組を聴いてくださっていたそうです。

年の瀬に
眼科歯科外科
泌尿器科

カメラおじさん

掃除機の音がいかにも「そこどいて」

那須三千雄

里帰り
昔のあだ名で
出ています

茜苺

この句はあのヒット曲「昔の名前で出ています」を取り込んでカネ、三つです。「里帰り」の代わりに「同窓会」や「クラス会」としてもいいのですが、「里帰り」にしたことで地元の友だち、隣近所の人々がありありと浮かんできます。懐かしい温かさに包み込まれ、心地よさを感じている作者の気持ちがよく伝わってくる句に仕上がっていますね。

書き出せば二三行しかない悩み
まるりん

鴨川は皆そうしてはるディスタンス
まこっちゃん

ブラをしてたるんだ気持ち持ち上げる
玉山智子

忘れたらくになるのにアホですね

ひらら

おもいだし笑い三回して就寝

背黄青鸚哥

よそ行きはしまわず着よう先がない

福井恵子

許してる酒の肴で妻を知る

破れ傘

五分咲きも昔話は満開に

日野広志

同窓会たった一人に逢いにいく

畠房生

マスクして
口よりしゃべる
女房の目

熊沢政幸

連休に来る
孫の名を
特訓中

鈴木重雄

「婆さん」と妻を呼ぶ時期考える

和泉雄幸

歌謡曲うるさい時と沁みる時

きくさん

GOTOの命令形が気に食わん

我柳我流亡者

どうする「中八」

里帰り昔のあだ名で出ています　（茜苺）

「昔のあだ名で」は8音ですが、小林旭さんのヒットのパロディーということで受け入れました。

僕は『サンデー毎日』の「ラブYOU川柳」の選者もやっていますが、「コロナ禍で愛深まる人冷める人」（清里）の句の「愛深まる人」が「中八」なのが気になり、「コロナ禍が愛深めたり冷ましたり」と手を入れさせてもらいました。上、中、下の五・七・五の定型感を考えると直せるものは直すべきでしょうね。

一点にズームイン

心のレンズを一点にズームインする。その技法がいかに有効か、次の一句を味わってみてください。

同窓会おえてあしたの豆腐買う　（谷口みずき）

日々の生活の様子が豆腐に焦点が合わされたことでクローズアップされていますよね。

プロの作品にこんな句があります。

死ぬるべく海まで來たが月見草　（安川久流美）

月見草という自然の生命力が「死」から「生」へと心を動かしたことでしょうね。

駆け落ちと
知って見直す
母の顔

忠公

ご馳走に
見えなくなった
メロンパン

魚崎のリコちゃん

うるさいな
皆んな阪神
好きちゃうで

コルボ

そうなんですけど、言いたいんですよね。電車の中でも会社でも居酒屋でも。「あそこで代打出すか⁉　エエ勘してたな、監督は」「あの一発や！　いくで、今年は！」……「♪六甲おろ〜しに〜」と今にも歌いそうな盛り上がりようです。地元密着型のチームのファンは、ひいきの球団に対するこだわりが強いのですが、ことさら阪神ファンが「うるさいな」と言われるのは大阪人の声が大きいからです。

やる気出ず「よっしゃ化粧！」と
立ち上がる
田川弘子

ずいぶんと先の予定がもう明日に
羽布田土

いい夫婦みたいに見えているらしい
山本光雄

冬過ぎりゃ夏夏過ぎりゃすぐに冬

キタキツネ

正直に女房を詠む勇気なし

堺の川人さん

おばあさんマスク取ったらおじいさん

黄色いくつ

これっきり入院道具仕舞う朝

古結芳子

もの言わぬ妻と風鈴暑くるし

谷口清子

寂しい日元気もらいに美容室

藤田志津恵

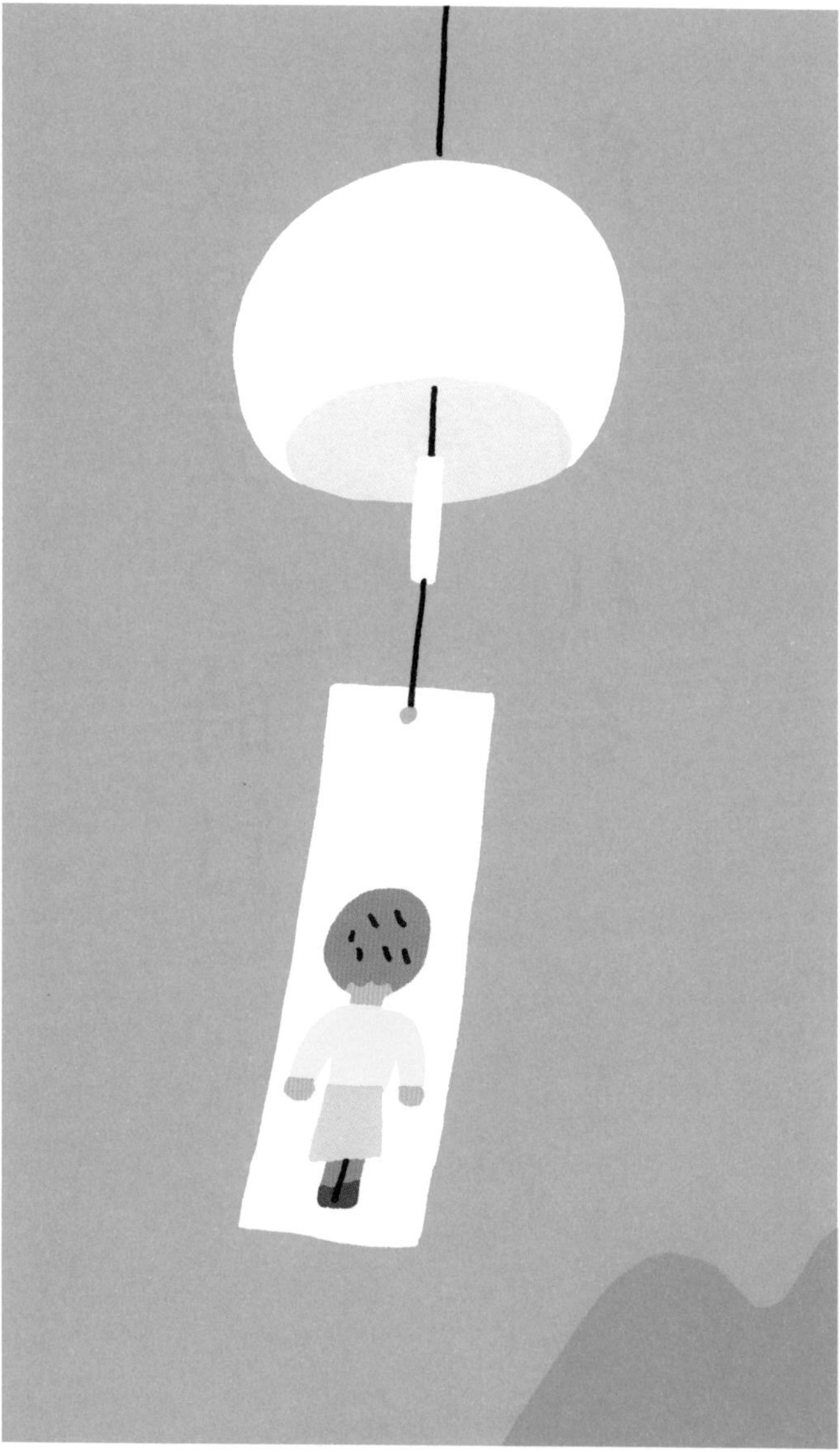

腹の立つ時は
カボチャが
良く切れる

モンブラン

あんたかて
その年来たら
わかるから

桜ちゃん

水野晶子の川柳さんぽ 1

相性バツグン！川柳とラジオ

なんで川柳？　なんでラジオ？

両者は相性がとっても良いのです。川柳は短歌よりも短く、一度聴いたら覚えてしまう。俳句のように季語のルールも無いから即、理解可能。その上、笑える。

笑いは免疫力をアップさせますが、ラジオを聴くこと自体、脳の働きを活発にさせるそうです。私たちは物事を視覚で捉えがちですが、視覚を使わないラジオは想像力を刺激するので、脳内の普段あまり使わない部分が活性化するのです。

さらに川柳には、情景をすぐさま脳内で映像化する力があります。

このあたりスリーサイズの有ったトコ
（大杉フサオ）

ほら、今イメージしたでしょ。これが良いんです、脳がきっと喜んでいますよ。

カステラのザラメ得した気分やん
（山中あきひこ）

拡大鏡で覗いたように細かなザラメの粒が目の前に浮かんできますね。

川柳とラジオの相性は、放送界の権威ある賞、ギャラクシー賞の審査員たちも注目しています。

《ラジオで川柳を聴いて頷《うなず》いたり、共感したり……。リスナーは川柳で心のモヤモヤを解

消させ、溜飲を下げる。かたや投稿者はラジオネームだから、世の中の不満や不条理をなんでも言えて知的欲求を満足させる》

（『ＧＡＬＡＣ』２０１８年11月号）

ですから、川柳が生まれたら、是非番組にお送りください。喜怒哀楽を大勢のリスナーと分かち合うのが、ラジオ川柳の愉《たの》しみです。《近藤師範の「虚を実に膨らます」とか「川柳は超短編小説と考えよ」とか「説明するのではなく、他の言葉に変えて描写する」等々の解説が蘊蓄《（ママ）》に富み、かつ哲学的》とまでギャラクシー賞審査員にお誉め頂いた「しあわせの五・七・五」。私にとっては、わずか17音に凝縮された人生哲学を味わう時間でもあります。

元来「座の文芸」として発展してきた川柳。人と人が集い、即興の言葉で繋《つな》がる知的なコミュニケーションです。番組が今お届けしているのは、川柳の原点そのものってわけですね。コロナ禍で、より意味深い場となりました。

この不安和らぐようでラジオ聴く

（ひのえうま）

「しあわせの五・七・五」は座を開き、いつもあなたをお待ちしています。

水野晶子 みずの・あきこ

ＭＢＳラジオ「しあわせの五・七・五」パーソナリティ。毎日放送アナウンサーとして定年退職後、フリーアナウンサーに。朗読家としても活動を続け、アマチュア落語家としても高座に上がる。川柳ネームは「毒いちご」。番組に採用された川柳は、今のところ無し。

パーツなら
北川景子と
同じだが

矢野好孝

いつ死んでも
いいけど今日は
用事ある

鈴木重雄

大福で機嫌を直す妻が好き

矢野隆

大福というのがいいなあ。いかにも気持ちを和らげてくれそうで。「許してへんからね」と言いながらパクッといく奥さんの顔が思い浮かびます。二個目を食べ終わるころには、「やっぱりここの大福はあんこが違うわ」などと言いつつ、まあ許してあげようかという気持ちになっている。ご主人はそれを察して、「大福、もうひとつどうや？」とお茶をそそぐ。大福とは大きな幸福です。

書名ではどんな病気もすぐ治る
歩くアザラシ

ドライブ中一度はもめるなんでやろ
福井恵子

年重ね近所の桜好きになり
カメ吉

我がことのように問診妻答え

邪素民

お嬢さん言う魚屋へ今日も行く

吉田エミ子

おじいちゃんおじいちゃんあぁ
おばあちゃん

西瀧一彦

一人とはこういうことかお茶を入れ

上田美保子

「頼んだよ」俺より犬へ妻出かけ

熊沢政幸

生命線シワに埋もれて伸びていく

やんちゃん

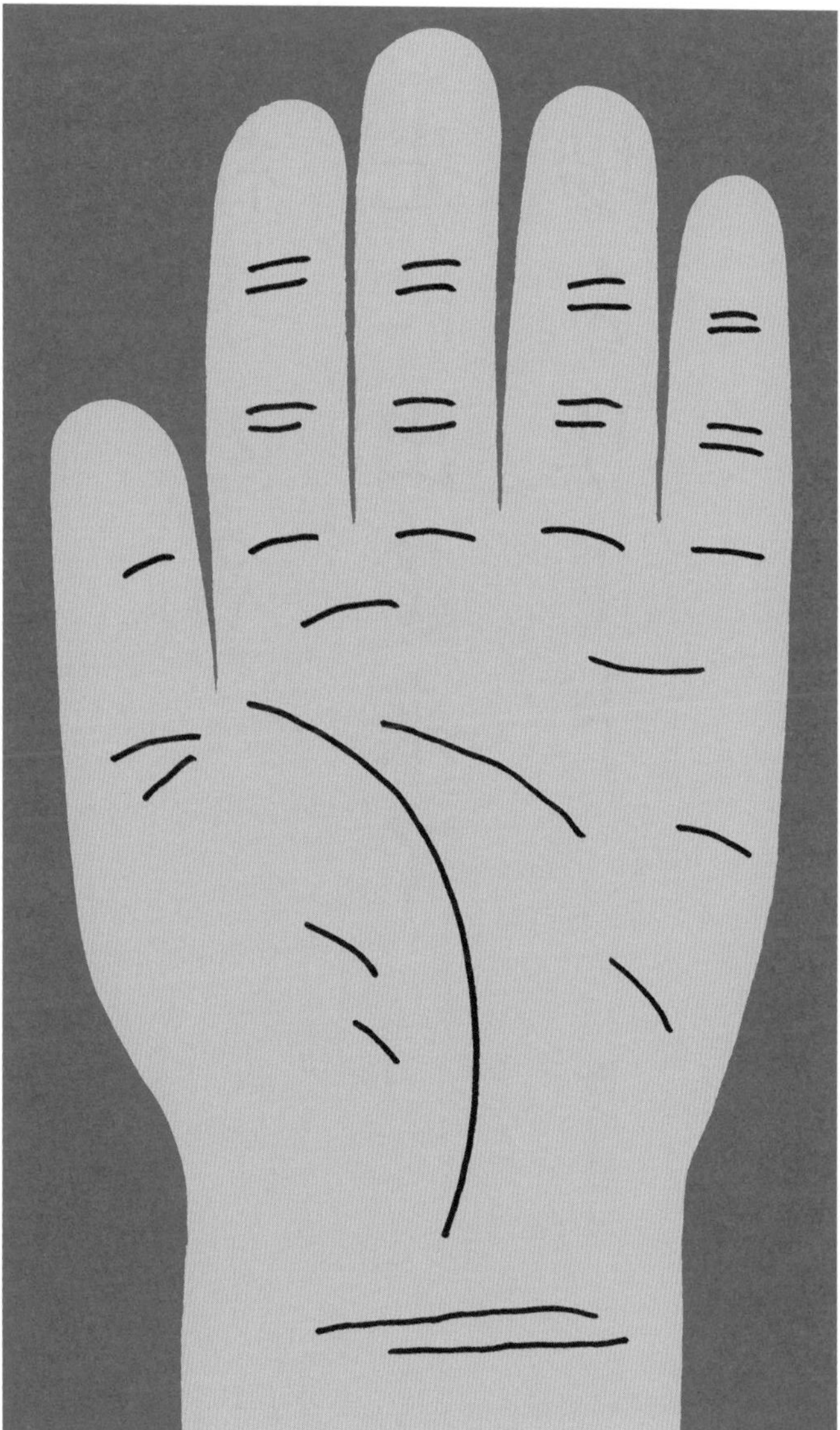

相手の名
先に出て来て
場をリード

渕崎忠男

「あなた」から
「あんた」になって
今「ちょっと」

那須三千雄

元気かい「もうあかんわ」と元気そう

神奈敏

明日の朝きっと解決してるだろ

大森美加子

花火すみ妻とひと駅ぶら歩き

豊中のタカシ

助詞の「で」は要注意

鍋の中二泊三日のおでんたち
（小野寺智也）

俳句の入門書にあった作品です（金子兜太『知識ゼロからの俳句入門』幻冬舎）。「おでん」は冬の季語ですが、何か川柳っぽい作品ですよね。「妻は旅二泊三日のおでんたち」とすれば、奥さんはGO TOか何か旅行中で、食卓には二日三日とおでんが……とおかしみのある川柳となります。

ただ、こういう句では「妻旅で」とやりがちなんですね。「で」という助詞は原因、理由、場所、手段を示し、用い方次第で説明、報告調の句になってしまいます。

表すのは結果だけ

原因―過程―結果を詠み込むと冗長な句になります。

朝ごはん男と食べたことがない
（森中惠美子）

プロの句です（新垣紀子『川柳で乗り切る人生のデコボコ道』はまの出版）。原因、過程を省いているから、こちらはいろいろ想像させられるんですね。時実新子さんの次の一句も現在の出来事のインパクトに原因―過程は吸収されています（時実新子『有夫恋』朝日文庫）。

包丁で指切るほどに逢いたいか

言わんとこ
思ててんけど
言うてまう

背黄青鸚哥

雑草よ
お前も少し
自粛しろ

コルボ

年齢を十ほど捨てて街に出る

徳留節

駅などで見かける光景ですが、中年の女性数人が待ち合わせ場所で、やって来る友人に、「いやーっ」とか「こっちこっち」と言いながら両手を振る。やって来た女性も手をいっぱいに広げて振る。まるで女子高生。年齢を十ほど捨てるなど朝飯前です。そして旦那の待つ家に帰る一歩、また一歩で元の年齢に戻っていくのでしょう。ただし、この句は男性の作。その点、評価できますよね。

郵便はがき

1510051

お手数ですが、
切手を
おはりください。

東京都渋谷区千駄ヶ谷4-9-7

(株)幻冬舎

書籍編集部宛

ご住所 〒

都・道
府・県

フリガナ
お名前

メール

インターネットでも回答を受け付けております
https://www.gentosha.co.jp/e/

裏面のご感想を広告等、書籍のPRに使わせていただく場合がございます。

幻冬舎より、著者に関する新しいお知らせ・小社および関連会社、広告主からのご案内を送付することがあります。不要の場合は右の欄にレ印をご記入ください。

不要 □

本書をお買い上げいただき、誠にありがとうございました。
質問にお答えいただけたら幸いです。

◎ご購入いただいた本のタイトルをご記入ください。

『　　　　　　　　　　　　　　　　　　　　』

★著者へのメッセージ、または本書のご感想をお書きください。

●本書をお求めになった動機は？

①著者が好きだから　②タイトルにひかれて　③テーマにひかれて
④カバーにひかれて　⑤帯のコピーにひかれて　⑥新聞で見て
⑦インターネットで知って　⑧売れてるから／話題だから
⑨役に立ちそうだから

生年月日	西暦　　年　　月　　日（　　歳）	男・女		
ご職業	①学生	②教員・研究職	③公務員	④農林漁業
	⑤専門・技術職	⑥自由業	⑦自営業	⑧会社役員
	⑨会社員	⑩専業主夫・主婦	⑪パート・アルバイト	
	⑫無職	⑬その他（　　　　）		

ご記入いただきました個人情報については、許可なく他の目的で使用することはありません。ご協力ありがとうございました。

なんでやろなんや懐かしあの酷暑

山本光雄

家いないうれし腹立つうちの夫《ひと》

ゆめさき川

湯が沸くの見ているほどの今日は暇

田川弘子

秋祭り済んだらもとの老いと過疎

山中あきひこ

お隣が喧嘩始めて喧嘩やめ

水本久市郎

鏡なぜ写さぬオレの気の若さ

豊中のタカシ

「上手やね」誉められ妻の背中かく

芝原茂

薬より医者の雑談効きそうで

まるりん

公園のブランコちょっと乗ってみる

福井恵子

座りたい
だけど譲られ
たくはない

吉田エミ子

独り言
聞き取れないが
気にはなる

きくさん

古希越えていつまで歌う高三生

芳養虎

ムダ省くためにといつもしてたムリ

真喜楼

人間は顔じゃないのよマスクだよ

魚崎のリコちゃん

川柳は『アイディアのレッスン』

ベストセラー『思考の整理学』で知られたお茶の水女子大名誉教授の外山滋比古氏にとっても川柳はやわらかい思考の整理に役立っていたようです。

著書『アイディアのレッスン』で松尾芭蕉の「秋深き隣は何をする人ぞ」という句を、ある人が川柳で「秋深き隣は小便ながき人」とまぜっかえしたのを「人生的寂しさをたたえた原句の趣きを一転、通俗、卑近な世界へひきおろしました。（略）やはりアイディアによります」と評価しています。

さらに晩年の書『知的生活習慣』では、加賀千代の「起きて見つ寝て見つ蚊帳《かや》の広さかな」に比して、「お千代さん蚊帳が広けりゃ入ろうか」と作者不明の川柳を紹介、「いかにもユーモアがあって、軽妙」とも。

また同書で「川柳は都市の詩である。江戸に生まれた。（略）江戸は人口数十万の世界的大都市で、パリ、ロンドンにまけない。教養ある武家、町人がしゃれたことば、ユーモアとアイロニー、うがち、ひねりなどによって人間と社会を描出した」とも書かれています。

外山氏は2020年7月に96年の生涯を閉じていますが、川柳への思いを直接うかがいたかった、と悔やまれてなりません。

犠打ばかり
打った人生
だったなあ

和泉雄幸

ゆるゆるの
ゴムでずるずる
生きる老い

藤田志津恵

そん時はそん時として寝る用意

まりりん

こんな句のとおりで、眠れます？　僕などは到底眠れません。まず寝る用意をする前に、準備や根回しをします。そしてこれで大丈夫だろう、と思った時点で床につく。手順ですね。しかし布団をかぶって、でもな〜とか、やっぱり……と考え出すと結局眠れなくなる。この句は違いますねェ。運を天に任せるというか、なるようになるさ、さあ、寝よ。3分でグーグーグー。ああ、うらやましい。

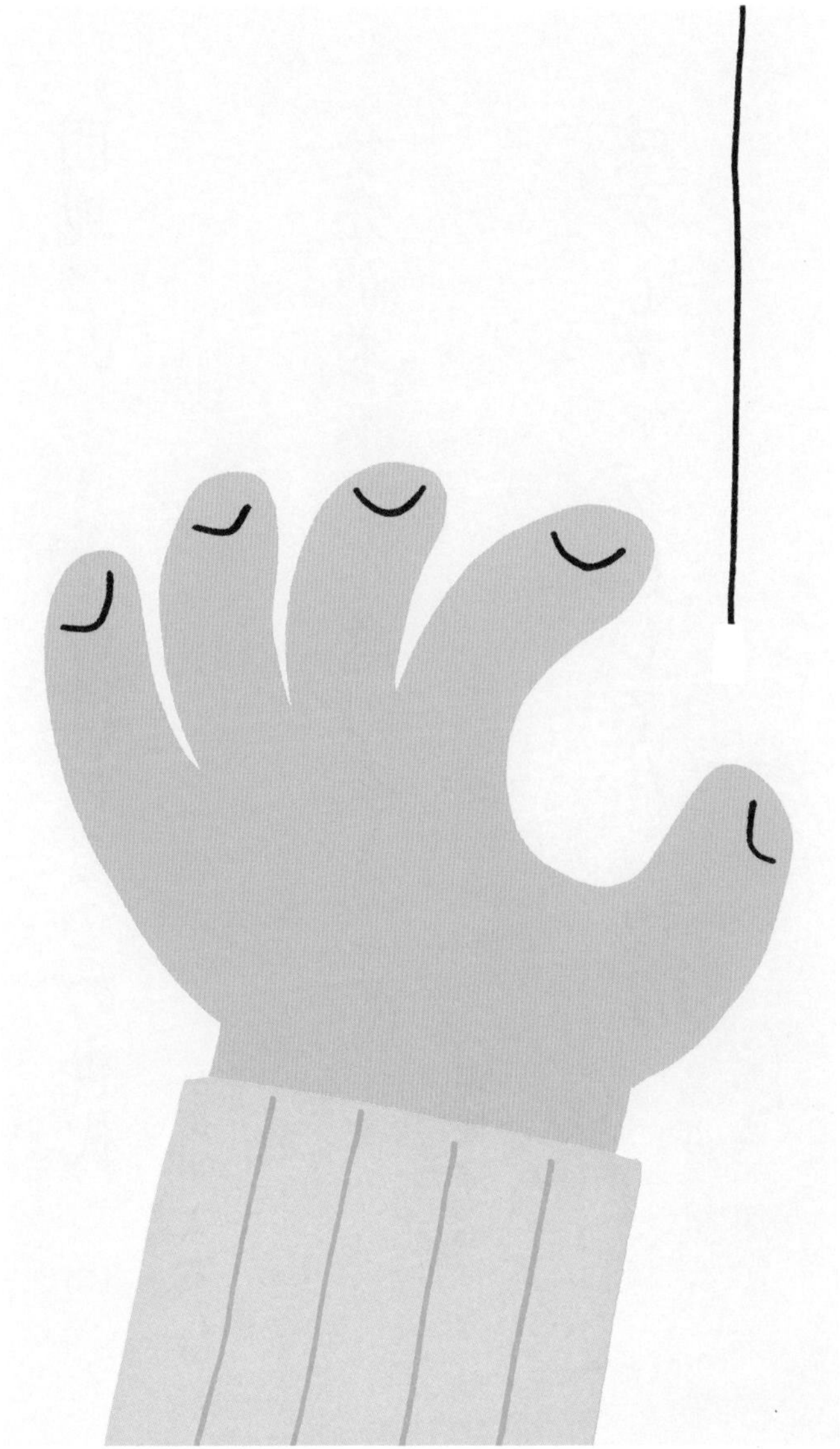

団塊といつまで呼ばれるこの世代

堺の川人さん

今分かる不要不急の多きこと

創健寿

咳をしてアクビしてたら12月

西瀧一彦

アホやなあ川柳しいや悩みなや

羽室志律江

水槽のメダカに愚痴る昼下り

勝又榮美子

またひとつ亡母《はは》の写真が若くなる

カメラおじさん

栗拾う孫に雨傘右左

速水正仁

あの角を曲がれば昭和あるような

水本久市郎

日に三度うがい手洗い皿洗い

よもやま話

ディスタンス
苦にもならない
倦怠期

俄か雨

不眠症
講演会では
よく眠れ

シルバーママ

水野晶子の川柳さんぽ 2

私のこころの処方箋

孤独と、どうつきあうか。

一人暮らしが長かった私にとって、それは最大のテーマでした。寂しい夜は、どうしてもマイナス感情が頭をもたげてきます。

お酒も飲みました。長電話もしました。エステにお金も使いました。

でも何とかその場をしのいだところで、また繰り返し訪れる闇の時間。ある時、気づきました。気持ちが沈んでいるときは、同じようにうつむき加減の川柳が心地いい、と。

掃除した日にはだぁれも来ませんな

（あずき5合）

健康川柳だからといって、明るく健やかな作品に元気づけられる時ばかりではありません。硬くなった心をじんわり和らげてくれるのは、その時々の感情に寄り添ってくれる句です。

そんな作品を、私は手帳に書き留めるようになりました。番組では客観的に面白いものをご紹介していますが、手帳には、あくまで自分の心の健康に必要なものを。中には夫婦川柳もあります。

お家には独りぼっちが二人居る

（よもやま話）

誰かと一緒にいたって、所詮人間はひとり。そう思い定めるほうが、楽ですね。そうすれば些細《ささい》なやり取りも、実はかけがえのないものだと思えてきます。

ため息でバランスをとる夫婦仲　（三宅一歩）

「起きよかな」することないし「まだ寝とり」　（古川和子）

逆に、寂しさなんて笑い飛ばしてしまえ！という勢いの句も。

人恋しダンナは省くものとする　（原田光津子）

寝言よし元カレの名犬につけ　（リリー・ローズ）

人それぞれのつきあい方に触れるうちに、全く異次元のアプローチに出会いました。

ぼた餅を仏の彼と半分こ　（あかさたな）

目の前に誰かがいるかいないかは、関係ない。一人でいても、誰かと繋がっている確かな感覚を持つことはできる。どうやら置かれている状況にどんな意味づけをするかは、自分の気持ち次第だってことが、少しずつ分かってきました。

心が揺れる夜は、その日の感情にしっくりくる川柳を求めて手帳を開きます。作品とあれこれ対話するうちに緊張が緩んでいくのですが、このところ最後に行き着く一句があります。

幸せを幸せな時忘れてる　（かたつむり）

今、何を見つめるかってことですよね。「ないもの」にばかりとらわれがちですが、「あるもの」に目を向けることだってできるはず。川柳に導いてもらった、私の孤独とのつきあい方です。

カレンダー
過ぎて気になる
赤い丸

豊中のタカシ

見舞客
元気過ぎても
疲れ出る

吉川榮子

本棚に「おひとりさま…」と妻の本

まるりん

「おひとりさま」という言葉の響きに、女性は「何しよう……」と心弾ませ、「優雅」「のびのび」「自由」を連想するのに対して、男性は「どうしよう……」と心しぼませ、寂しさ、不自由、一人ぽっちを連想する人が多いようです。「おひとりさま」は精神的に自立していないと楽しめません。ここはご主人も「おふたりさま」はあきらめて、「おひとりさま」&「おひとりさま」を目指して下さい。

歳聞いて一つ若いと勝った気に
渕崎忠男

本当に逢いたい人とは逢っとかな
哲ママ

「なんのため川柳すんの？」妻が問う
徳留節

起きて先ず日にちと曜日言うてみる

夢うつつ

長電話する友今はありがたい

吉田エミ子

まだ妻は愛想笑いもしてくれる

長岡正広

布団干しゅんべの悪夢パンパンパンパン

畠房生

コスモスと記念撮影爺と婆

横田節子

医者が言う命あっての患者さん

羽室志律江

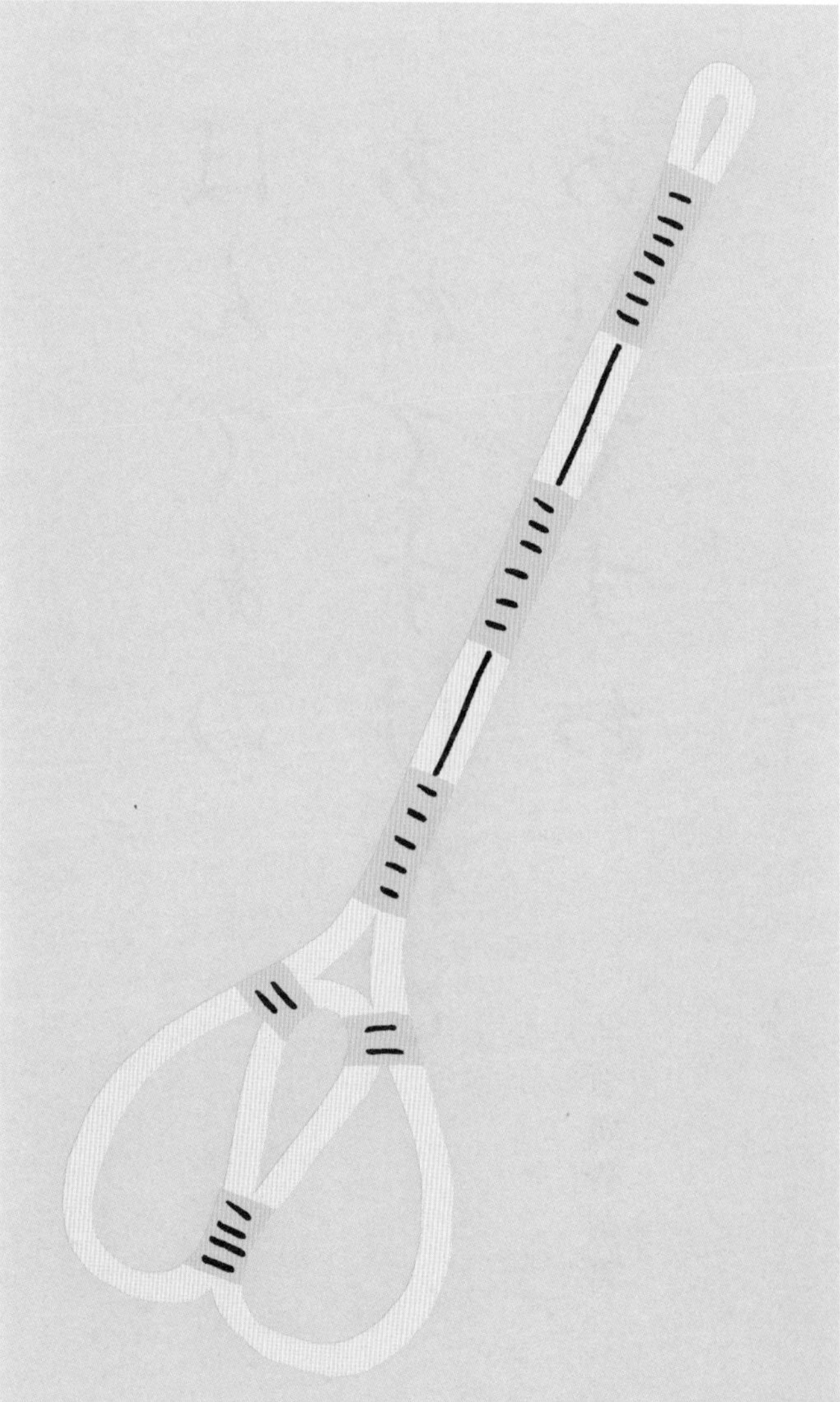

ほんであの
あれですけれど
あれですわ

背黄青鸚哥

歳なんか
気にしとったら
早よ死ぬで

神奈敏

いつまでも「ただいま」母の居る里へ
忠公

「お爺ちゃん」呼ばれてるうち慣れてきた
芝原茂

着替えするだけで不思議と気が入る
創健寿

川柳は生活、俳句は人生

機知と諧謔《かいぎゃく》に富む作風で知られた内田百閒《ひゃっけん》がこんなことを言っています。「俳句には境涯というものがあって、そこを覗かせればいいいんだが、川柳というやつは生活の割れ目から飛び出して来る」（『月刊オール川柳』１９９９年2月号）

コロナ禍で川柳は人間と生活のウタと改めて実感しています。作句で力を得ている方もいらっしゃるようです。

日に三度うがい手洗い皿洗い　（よもやま話）

川柳とともにある生活習慣が生きていくパワーになっていそうですね。

通俗、大いに結構

黒澤明監督の遺した言葉をまとめた都築政昭氏著『黒澤明の遺言《いげん》』（実業之日本社）に、「通俗的な人間の面白さを、真実に書けば書くほど通俗的ではなくなる」とあります。通俗を低次元のものとしてとらえていては、映画は成り立たないでしょう。

ドラマの演出家で作詞も楽しんでいた久《く》世《ぜ》光彦《てるひこ》氏は、通俗的な事柄を自分の言葉で文芸にすることに意を払っていたそうです。

「なんのため川柳すんの？」妻が問う　（徳留節）

両氏の言葉にも答えがありそうですね。

無駄話された診察ひと安心

毎土きくお

スナックのママから聞いた転勤を

萩原正

ボケてない
忘れたいこと
覚えてる

トラのネコ

忘れてしまいたいような出来事は、かえって脳に刻み込まれてしまうのでしょうか。この句はご自身がそうなのか、はたまたこっちが忘れたいと思っていることを相手がしっかり覚えているということなのでしょうか。知人のおばあちゃんは5分も経つと「あんたはん誰？」となるそうですが、長男の顔を見ると、「お前は大学3回落ちた」と念仏のようにおっしゃるそうです。

なにもかも脱ぎすてて夏だけ残る
背黄青鸚哥

迎え盆ご先祖様に「マスクする?」
ナリ〜♪

メールよりたまの電話がうれしい日
吉田エミ子

「頑張れよ」言うの好きだが聞くの嫌

渕崎忠男

別行動とってるときはいい夫婦

牧野文子

「しあわせか」無口な父のただ五文字

渡辺勇三

「カレーよ」に飛んで帰った戦後っ子

那須三千雄

年明けて未だに鳴らぬ我が携帯

道本秋雄

ひとりごと父好きだった花眺め

ハイビスカス

悩み事
虫歯に勝てず
しばし消え

いや美

耳鳴りを
ただただ聞いて
いる座禅

徳留節

五つほど妻若返る旅の宿

石田孝純

よく聞けば自慢のような悩み事

寺田稔

木の枝にマスクとスマホかけてお茶

さきこ

「一物仕立て」と「二物衝撃」

一つの事物にこだわる「一物仕立て」の表現法もあれば、二つの事物を取り合わせてその効果を狙う手法もあります。さらに二物では、相容れない物と物とがもたらす「二物衝撃」という手立てもあります。

ついて来る月と犬だけおとなしく（元巨人ファン）

宝くじ外れ静かな初日の出（田原勝弘）

もっと驚きの衝撃的反応を、という方にはこの句などどうでしょうか。

おっちゃんと言われおばちゃん振り返り（ひろりん）

かぎカッコの描写力

コロナ禍でこんな「　」がありました。

迎え盆ご先祖様に「マスクする？」（ナリ〜♪）

「　」の会話がその場の雰囲気まで伝えてくれます。擬音を言葉にして「　」でくくる手もあります。

掃除機の音がいかにも「そこどいて」（那須三千雄）

また来年去年は言えた同窓会（キャッチャーゴロ）

この句は、「また来年」とかぎカッコの言葉にしたほうがより描写性が増したでしょうね。

「生きてた？」の
ジョーク通じぬ
齢となり

別人28号

補聴器を外して嫁を黙らせる

くずれ荘の管理人

若いねと
ほめられ逆に
歳感じ

元巨人ファン

句にあるような人は、まだ若い証拠です。「若いね」とホメられ嬉しい！　と思う、それが本当に歳をとった証しなんですよね。「若々しいですね」「若く見えますね」これらは歳の人にとってはホメ言葉ですが、以前、実年齢より若く見える飲み屋のママに、「若づくりですね」と言って高い請求書を送りつけられたアホなやつがいました。

自分より子どもの年齢《とし》にびっくりし

福井恵子

この服はおばさん臭いとおばさんが

りんご姫

もう死ぬと言いつつ歯医者に通う父

まるりん

大あくび今日のひと日を締めくくる

神吉郁夫

暑いねと言うのも暑い無言なり

富田千恵子

よし決めた不良長寿で生きてやる

茶・レンジャー

タケノコが連れて帰れとささやいた

大和の雨蛙

もう今じゃマスクあっての顔となり

背黄青鸚哥

橋の上見知らぬ人と夕日みる

津川トシノ

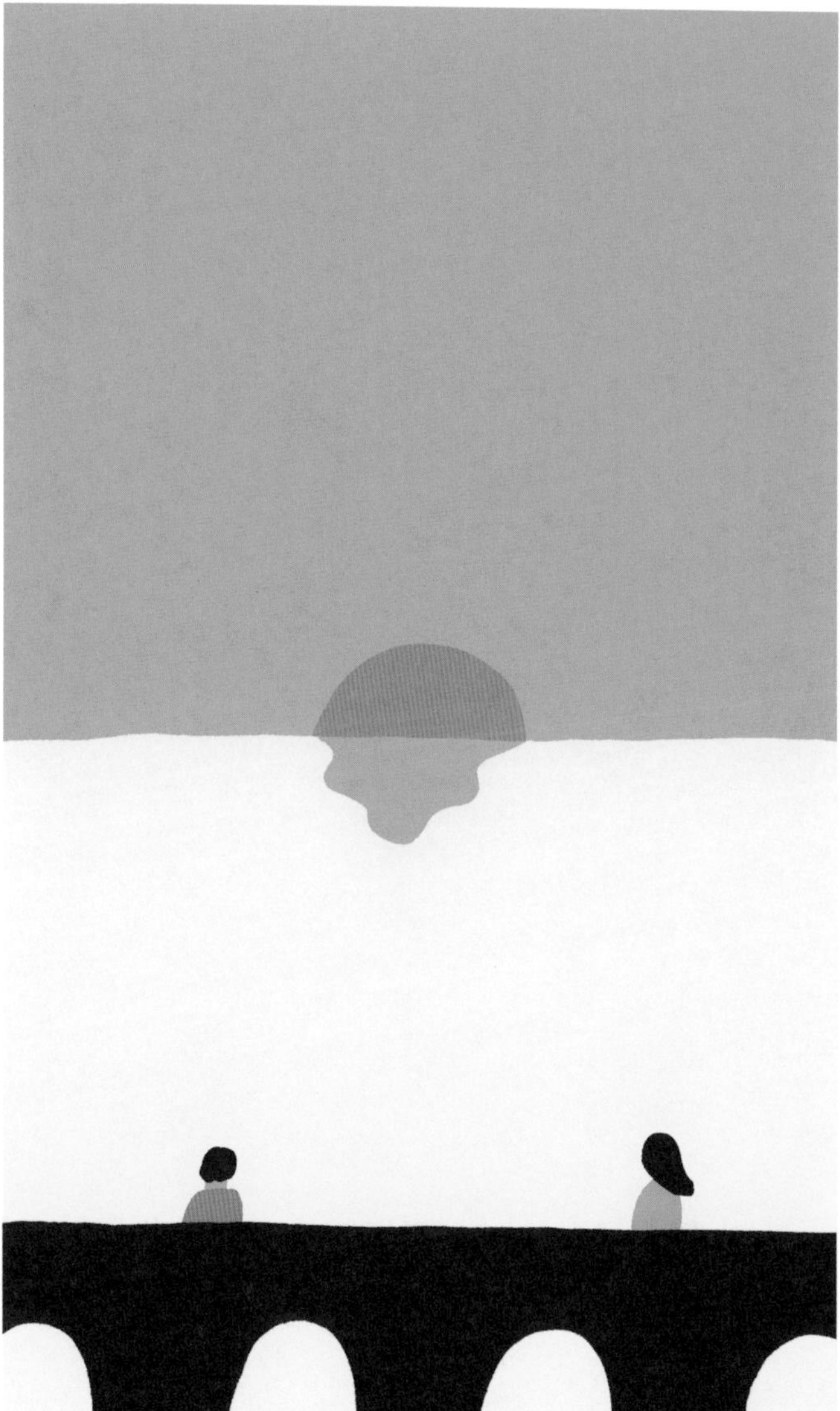

何食べる
三回聞いて
日が暮れる

三崎伴子

トイレ起き今夜も夢は2本立て

与保呂川流之介

水野晶子の川柳さんぽ 3

笑って歩こう！シルバーロード

定年退職。

それはずっと他人事でした。まさか自分の人生にそんな日がやってくるなんて、思ってもいませんでした。気がつけば、新人アナウンサーとしてピッカピカだった時とたいして変わらない気持ちのまま毎日マイクに向かってきた38年間でした。

退職が近づいた50代後半は、正直なところ怖かったです。会社に行く必要がなくなったら一体何をして時間を過ごそうか、全く想像できず、混乱に陥《おちい》りました。そうすると番組に寄せて頂く「定年川柳」が俄然《がぜん》大きな意味を持ってきたのです。

定年後笑点を観て曜日知る

（くずれ荘の管理人）

これまでなら、この句で大いに笑っていた自分が、笑うどころかドキッとし始めました。曜日の感覚が薄れていくほど変化が起こらない日常を、どう生きていけばいいのやら。

定年後疲れないのが疲れます

（身の程知らず）

仕事での疲れは、嫌なことのはず。それが逆に懐かしく、ありがたいものだとさえ思えるとは……。

定年の日が近づくと、職場では「定年までしっかり勤め上げて、目出度《めでた》くご卒業」なんて後輩たちが祝ってくれますが、内心は「どこが目出度いねん！」って泣きわめきたい気分でした。でもサラリーマンなら誰でも通る道。うろたえる自分の姿は恥ずかしく、とても人に打ち明けられるものではありません。そんなとき助けてくれたのが、皆さんの川柳でした。

雑草の花に気付いた祝・定年　（三崎伴子）

雑草なんて厄介なものだとばかり思ってきました。雑草が花をつけていることさえ知りませんでした。視界に入ってはいたのでしょうが、見るべき対象としては全く認知していなかったのです。鮮やかな大輪の花だけが、私にとっての花でした。

これまでの自分の生き方に欠落していたものがはっきりと見えました。そして、これから生きていくための指針も見えてきたのです。

この句に「ありがとう」と、私は頭を下げました。

退職後、私もよく歩くようになりました。時間にとらわれず、自然のいとなみを観るようになりました。すると雑草の花の、なんと愛らしいこと！　自分の目が、定年前と後で入れ替わったようにさえ感じるのです。語り合える相手は雑草だけではありません。

定年後初めて月に語りかけ　（はじめの一歩）

川柳に支えてもらって、まだまだ歩いていきますよ。

ごほうびだ歩ける足に靴を買う　（天王寺のおばあちゃん）

何よりも
まず平熱の
ありがたさ

安川修司

不機嫌な夫は他人より他人

玉山智子

あきらめと慣れとが同居する鏡

那須三千雄

人前に顔をさらけ出せるのも、この慣れがあるおかげですよね、と知り合いの70代の女性。「鏡には恐怖も同居していますよ」と彼女は苦笑しました。夜中にトイレに立った際、鏡に映った自分の顔を見て「恐っ！」と思うそうで、なるべく鏡は見ないようにしている、と言い、こう付け加えました。「老眼鏡をかけたまま鏡を見てはいけません。生きているのが嫌になりますから」

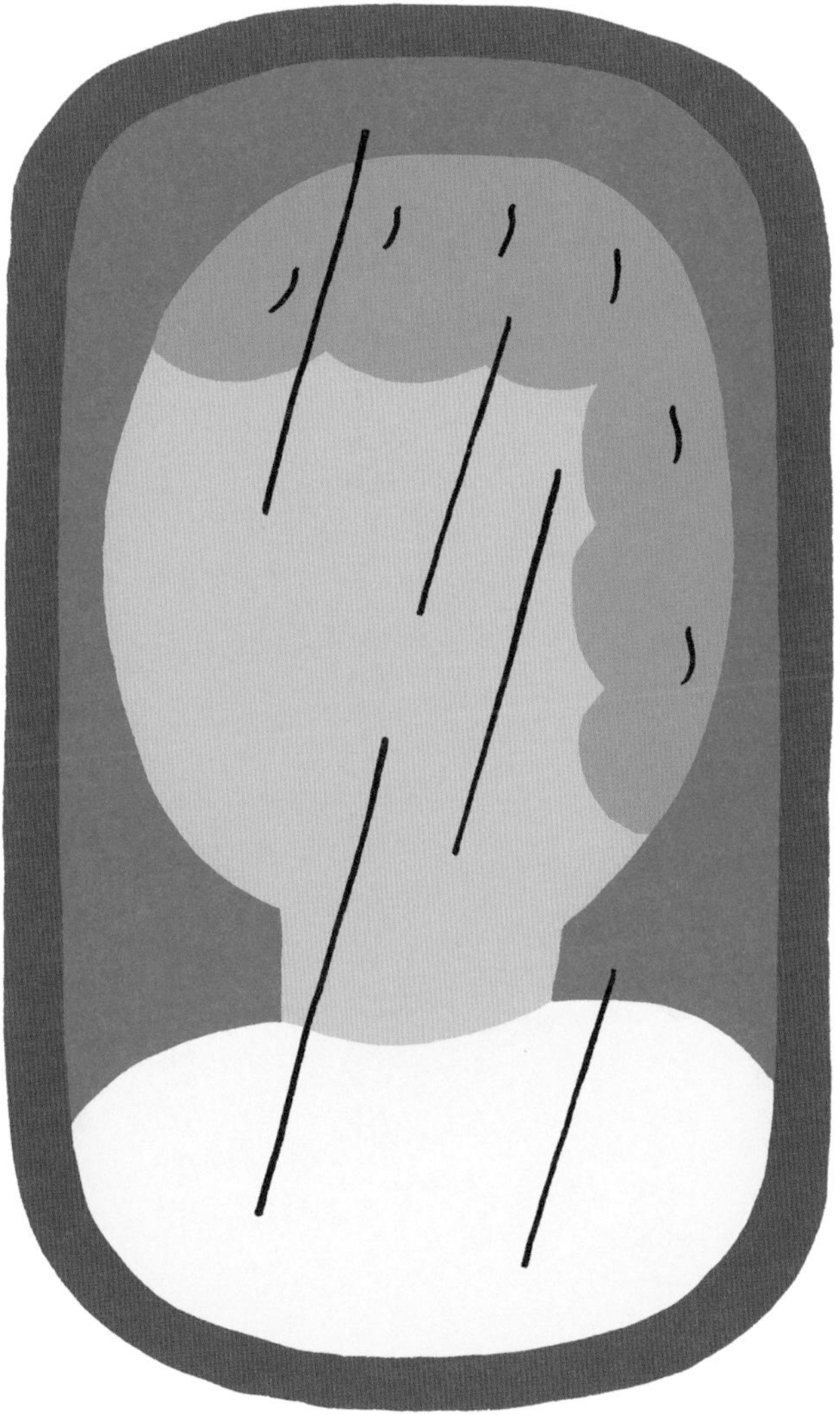

「ぼくもね」と経験語る医師が好き
足立生子

どうしよう涼しくなってからの件
まるりん

どっこいしょをよっしゃに変えて父元気
風鈴草

回覧板持ってくだけにする化粧

芝原茂

これだけは聞いておいてと三つ四つ

道本秋雄

詠んだ句に責任持てと妻が言う

和泉雄幸

見舞客グチとカステラ置き帰る

熊沢政幸

秋晴れにふらっと入る喫茶店

上田美保子

新車だが妻ナビだけは古いまま

徳留節

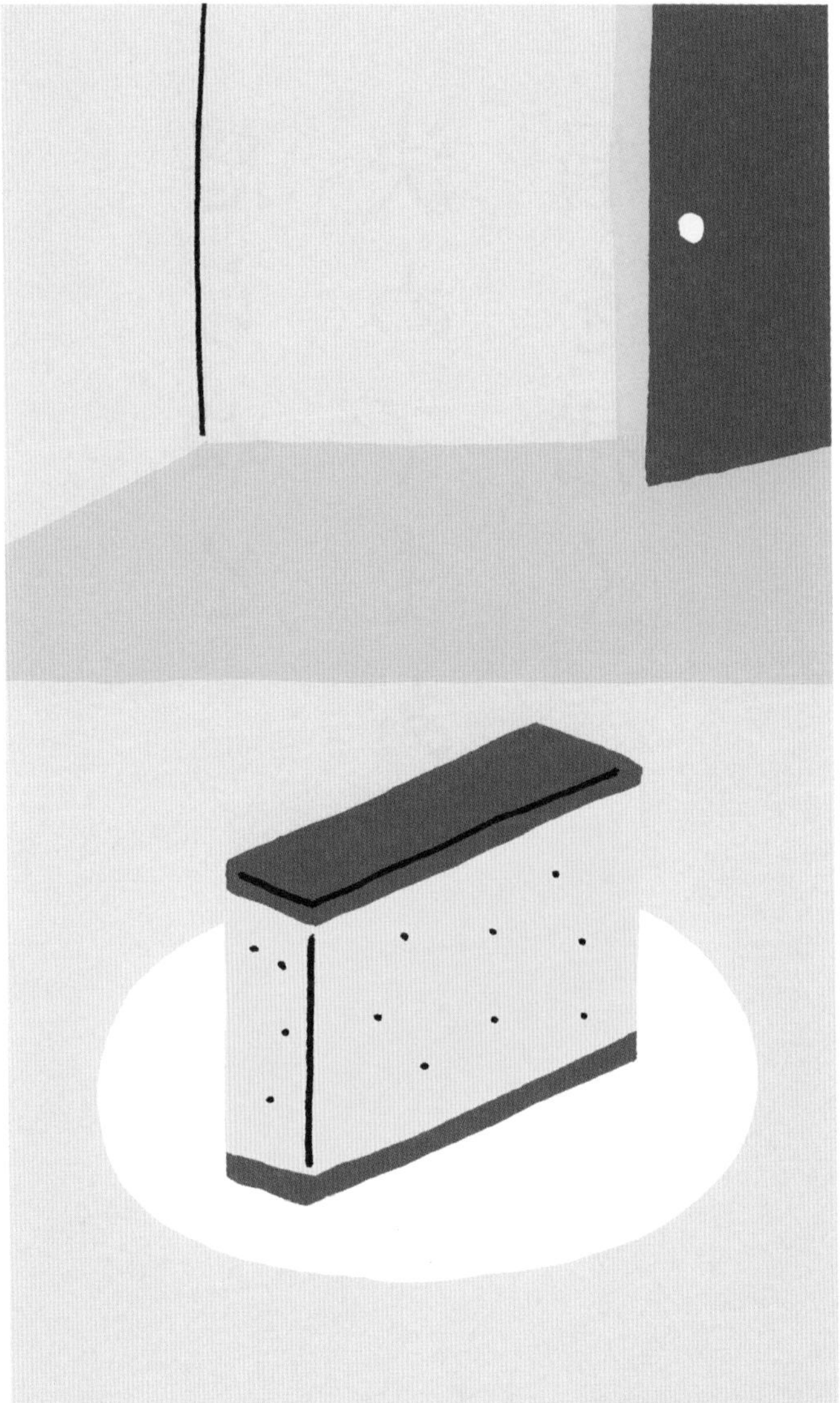

怒らぬと
決めてまあるく
眉を描く

歩くアザラシ

「無理するな」
無理に見えるか
この普通

眠りよしろー

さりげなく妻褒める句が詠めたなら

カメ吉

同級生62でも女の子

チャーブカホチチ

あほやなあしゃあないなあが増える歳

津川トシノ

同感！　句を

不機嫌な夫は他人より他人　（玉山智子）

そう、そのとおりよ、ととりわけ奥さんの間で同感！　の声が上がったことでしょう。次の句は男性が正直な思いを託した作品ですが、同感！　という方はたくさんいるでしょうね。

同窓会たった一人に逢いにいく　（畠房生）

僕はこんな句にも同感！　と声を上げていました。

雑草よお前も少し自粛しろ　（コルボ）

でもうれし世辞の一声「変わらんな」　（渕崎忠男）

自由律に挑戦を

自由律とは17音にとらわれず作る句です。

咳をしても一人　（尾崎放哉《ほうさい》）

うしろすがたのしぐれてゆくか　（種田山頭火）

代表的な自由律の俳句ですが、川柳にも波及しています。ここでは僕の気に入っている自由な律動の作品を一句。

ええ男やけどなあとくさしているらしい　（小寺万世）

川柳の本から抜かせてもらいましたが、関西弁の持ち味を生かした破調ですね（野谷竹路『川柳の作り方』成美堂出版）。

夫寝た後の
ワインの
美味いこと

牧野文子

年賀状
こないだ書いた
とこやんか

カリヨン

お話に重みのあった黒電話

山中あきひこ

家の電話がみんな黒電話だった頃、電話は用件を伝えるためというのが基本でした。「いつまでしゃべってんだ！」とたしなめられたものです。友人が話していました。息子がスマホで延々しゃべっているので、何を話しているんだと聞くと、いつも「別に」と言うそうです。おやじには関係ないじゃん、の「別に」ではなく、内容は別に何もないということなのでは、と思ったりもします。

1 2 3 4 5 6 7 8 9 0

「どや軽く」テレワークにはこれがない

那須三千雄

丸なった本当のワケは物忘れ

渕崎忠男

バスタオル化粧まわしに見える妻

佐野の興ちゃん

長生きの秘訣なんにもないと母

堺の川人さん

眠ってたルームランナー出してくる

三崎伴子

死んだこと知らずに遺影笑ってる

羽室志律江

捨てられぬ背広に亡父《ちち》のネームあり

背黄青鸚哥

幸せか？　隣の犬に聞いてみる

カメラおじさん

風任せそして時々妻任せ

茶・レンジャー

まだ起きて
もう起きている
母でした

渡辺勇三

仲裁をしては二人に睨まれる

長岡正広

ホームランゼロの人生だった父

デコポン

夫の声いびきとあくび咳ぐらい

春の声

生きているだけでええのに悩んでる

板東純

歳月を詠み込む

童顔も童顔なりに老けた友
（カメラおじさん）

歳月がもたらす感懐、いい題材です。

母独り家族七人住んでた家
（堺の川人さん）

両親と兄姉そして僕と、この句と同じ7人家族でしたが、今は僕独りだけになりました。家が思い出されます。

長生きの秘訣なんにもないと母
（堺の川人さん）

秘訣など持たず、日々、無理なく生きるのが秘訣なんでしょうね。

対比の妙

対比、すなわち二つの物を比べてその違いを見ることですね。

派手なのと地味なのとある悩み
（りんご姫）

冬過ぎりゃ夏夏過ぎりゃすぐに冬
（キタキツネ）

次の句は「まだ」と「もう」の対比が実に利いています。

まだ起きてもう起きている母でした
（渡辺勇三）

こんな句もあります。

「はいはい」と「はい」と「はーい」で
意思表示
（夢邸）

鍛えねば
トイレまでもつ
筋力を

喃亭八太

さっきから
あなた「うん」しか
言ってない

佐藤芳子

アクセサリーマスクに負けるやめとこう

花より団子

マスクも今やおしゃれアイテムのひとつとなり、色柄多彩です。友人はプレゼントされた光沢のある無地のマスクを見せて、「これ、シルク」と言い、「リバーシブル」と裏を返すと表と同系色の細かな柄が入っていました。僕にも知人から手作りのマスクが送られてきました。裏を返すと「○○商店会」の文字。手ぬぐいの一部と思われましたが、これはこれで貴重なので大事に使っています。

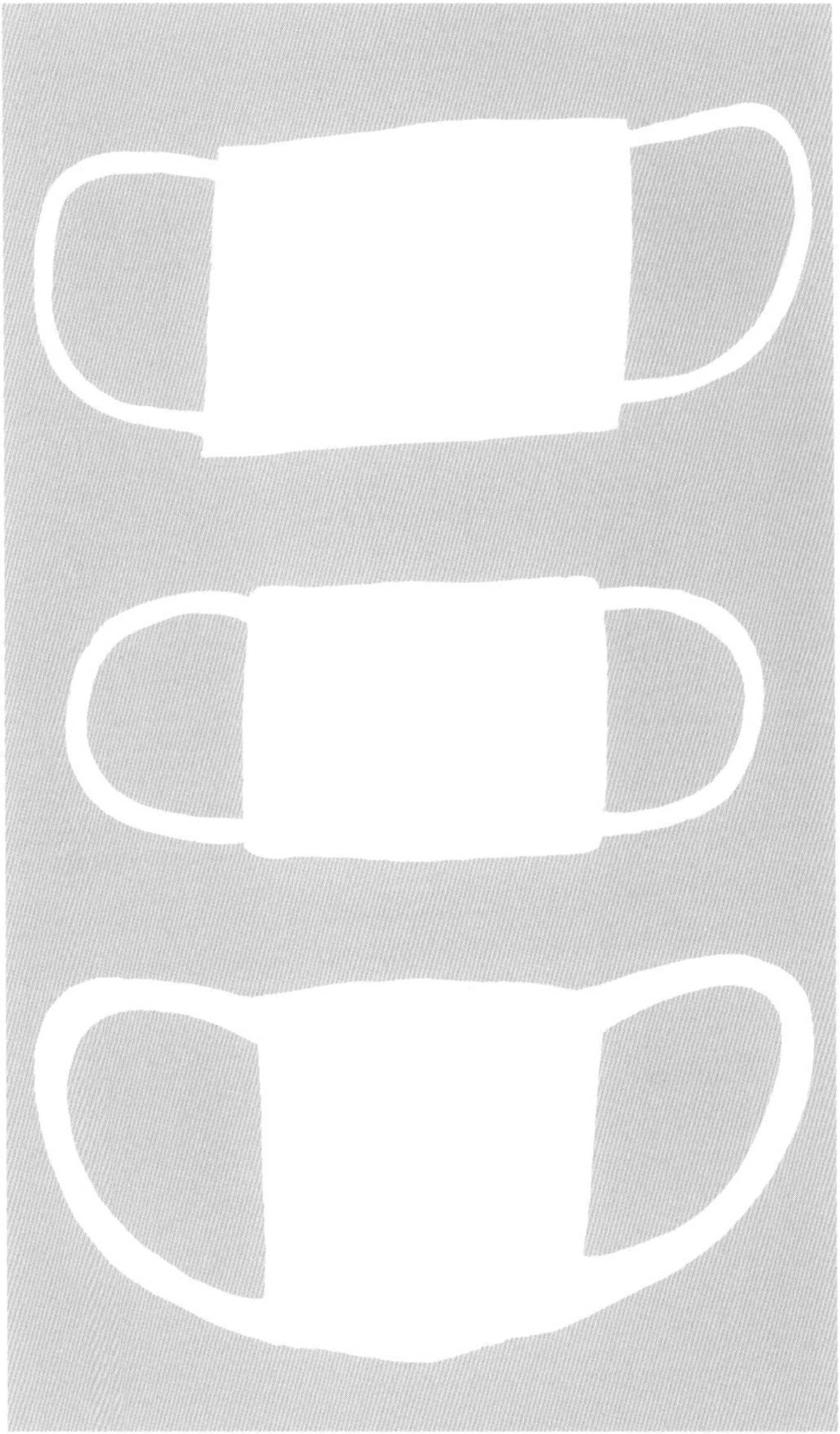

名医だな待合室に川柳誌

徳留節

十年分妻を見たよなこの一年

まるりん

クラス会別れ間際の生きてろよ

大高正和

川柳談義

ゲスト：直木賞作家　桜木紫乃さん

水野晶子　今日はお客様をお迎えしています。直木賞作家の桜木紫乃《しの》さんです。最新作（当時）の『家族じまい』は、中央公論文芸賞に輝いています。桜木さんおはようございます。

桜木紫乃　おはようございます。呼ばれて飛び出て桜木です。

水野　ははは、作品も面白いんですが、ゆるい面白さがおありですか。

桜木　全体的にゆるいんです。

水野　ほんまですか？　近藤さんと桜木さんはどういう交流がきっかけですの？

近藤勝重　直木賞をとられたときにうちの新聞でね、一面（夕刊）つぶしてインタビューしたんですよ。おっしゃってたことが頭の中に今でも残ってますけど。後で言いますが『家族じまい』というのは、いろんなところに桜木さんの意図しない川柳が出てくるんですよ。

水野　健康川柳の本をこの間、ＮＨＫ「あさイチ」でご紹介くださって本当にありがとうございます。でも、なんで健康川柳を愛読されているんですか？

桜木　ほかならぬ近藤師匠の１冊ですし、なんたっておかしいですよね。寝る前に１回ぐらい笑わないとなぁってことが多いので、仕事場から出るときにちょっと開いて、プッと噴き出してから寝ることにしています。

水野　うわー、素敵。

近藤　『家族じまい』で、「家族っていったい何の単位だろ」って出てくるんです。この音数、五七五でしょ。

水野　家族っていったい何の単位だろ……あっ、五七五。

桜木　ほんとだ。

『家族じまい』
桜木紫乃著／集英社

桜木紫乃　作家。北海道生まれ。２０１３年『ホテルローヤル』で第１４９回直木賞を受賞した。撮影：原田直樹

近藤　五七五的な歌うような文体って僕の性に合うんです。

水野　今日は、桜木さんがリスナーの皆さんの川柳をお手元にお持ちだと聞いていますが、見てくださってどうです？

桜木　いや、こんなにたくさん応募があるんですね。すごい人気番組ですね。

水野　長く続けさせていただいて、人気番組なんですよ。例えば、いろんなものがあるんですが、谷京子さん「マスク無しさえずる雀が羨まし」。

桜木　ほんとですね。私も羨ましい、雀が。

水野　桜木さんが何か気になるなって思われた一句、あります？

桜木　いくつかあるんですが、「集まるな喋るな飲むな旅をしろ」。

水野　グリトンさんの「集まるな喋るな飲むな旅をしろ」。

桜木　そんな無理難題を今私たちはつきつけられてるんだって。まだありますよ。「温暖化ヒグマもヘビも不眠症」。あー、私の不眠症も温暖化のせいだったんだなと。そういえば、ヘビ年だったなと今、思いました。

水野　山本忠明さんの一句「温暖化ヒグマもヘビも不眠症」。これすごく地球の大問題なんだけど、五七五になると力が抜けてほっとしますね。やぶちゃんの一句は「すごろくの1回休みの年だった」。

桜木 まさにそのとおりでしたね。何にも進まなかったですね。

水野 桜木さんはこういう感覚、どう思われるでしょう。背黄青鸚哥さんの「体臭が祖母に似てきた今日の母」。

近藤 これは桜木さんを刺激しそうだな。

水野 においとか味とかそういうものから、今の自分とか家族の関係を知るとか。それは桜木さんの世界にありますよね。

桜木 限りなくそこから何か気が付いていきますよね。

水野 気が付くのは小さいことだったりするんですね、最初は。

桜木 そうでしょうね。こんなことに気が付いちゃったってことに気が付くんですよ。

近藤 『家族じまい』は、風流に生きていると思っていた亭主の十円玉ハゲから始まるんだよね、話が。

水野 ちっちゃいちっちゃい十円玉の大きさなんだけど、そこには何か大きな背景があり

近藤勝重

そうな。

桜木　抜けたのは毛だけではない、というところですね。

水野　近藤さん、私ね、桜木紫乃さんの作品にはびっくりするような描写がいっぱいあるなって思ったんですけど、例えば、まだ緊張感がある男と女で、相手の男がほっとすることを言ってくれたときの女の人の気持ちの表現が、「ほろほろとスジ肉が煮崩れていくような感覚」って。

桜木　はははははは。煮込むといい具合にほぐれるんですよね。

水野　近藤さんがいつもおっしゃってる、川柳とは描写であると。

近藤　描写ですね。しかも単なる風景描写じゃなくて、人間の生きてる姿っていうかな、なんかそういうちょっとした動作をとらえて、桜木さんは上手に書きますよね。

桜木　ありがとうございます。師匠、そんなに褒めたら駄目ですって。

水野　ははは、桜木さんにとって近藤さんはお師匠さんなんですか。

桜木　文章、大変尊敬しています。

水野　桜木さんの小説には、食べ物や台所、冷蔵庫の中とかコンビニの棚やスーパーとか、ほんまに私の普段暮らしている実感がいっぱいつまってるんです。半額シール待ってるスーパーの風景とか、桜木さんの小説の中の主人公に私がすぐなれるんですよね。

近藤　うん、なれそう。

水野　桜木さんご自身は川柳を詠むなんてことおありなんですか？

水野晶子

桜木　ときどきやっては、近藤師匠に「あかんな」って言われますけど。

水野　あら〜、そうなんですか！　じゃ、その部分においては私とおんなじ。

近藤　桜木さん、今回作った一句ないですか？

桜木　ちゃんと用意しておきましたよ。

水野　ほんまですか。皆さん、これは大注目ですよ。桜木紫乃さんがご自分の川柳をご紹介くださいます。桜木さん、番組のよ〜、ポンっていうのを鳴らしますね。

桜木　心の健康としての一句を。

水野　では、桜木紫乃さんの一句です。

――効果音〈よ〜、ポン〉――

桜木　「まかせとけ恥がかければ小説家」

近藤　いい句だ。

桜木　やったー！　初めて褒めてもらえた。

近藤　「まかせとけ」がいい。最初からぐっとくる。小説家としてそれなりの覚悟で、ここまで書くかって部分も書いてますよね。恥がかければ小説家、なるほどなあ。僕らが出した川柳の本で、たしか桜木さんが気に入ってたのは、「恥ずかしい言いつつ前に出るおばちゃん（田川弘子）」ですね。

桜木　まさに私です。

近藤　今の句「まかせとけ恥がかければ小説家」っていうのと、なんかかかわりがあるでしょ。

桜木　なんとなーく。

水野　つまり、恥ずかしいって言ってて、前に出るだけやったらおばちゃんやけど、もっと前にでたら小説家になれるっちゅうことですか？

桜木　うまーい。今のに、よ〜、ポンです。

水野　いやー、私は桜木紫乃さんの今日のお声、何かぬくもりました。ありがとうございました。

桜木　いえ、こちらこそありがとうございました。

近藤　ありがとうございました。

（２０２０年12月19日放送のＭＢＳラジオ「しあわせの五・七・五」を要約したものです）

「しあわせの五・七・五」へのお誘い

水野晶子より

この本を手にしてくださっているあなたと、MBSラジオ「しあわせの五・七・五」は、すでにご縁ができました。折角の出会いです。どうぞ川柳をお送りください！

放送終了後も1週間は「radiko（ラジコ）」のアプリで、スマホやパソコンで好きなときに番組を聴いて頂けます。さらに、その週の特選5句に選ばれたら番組HPに掲載されます。番組だけでは終わりません。毎日新聞（大阪）朝刊、それも一面に掲載の「近藤流健康川柳」に載るやもしれません。

それだけではないのです。月間大賞に選ばれると、年に一度開かれるイベント「近藤流健康川柳の集い」に出演して頂きます。大阪中之島の大阪市中央公会堂の荘厳な大ホールで、年間大賞の候補となる12人のうちのお一人となって頂くわけです。

「しあわせの五・七・五」と毎日新聞に寄せられる健康川柳の数は、今や年間7万句を超えます。その中で最も優れた作品に送られる年間大賞への栄光の道は、このようにして開かれます。

投稿は実名でも結構ですが、ラジオネームも大歓迎。川柳を始めると、出会う人、物事すべてが絶好のネタに見えてきます。すると、苦手な人も嫌な事もちょっとずつ許せるようになってくるから不思議です。今日もいい川柳の種をくれてありがとう！　って。

MBSラジオ
「川柳で生き方再発見！
しあわせの五・七・五」
（毎週土曜日　朝5:00〜5:30）

皆さんの一句を
お待ちしています。
初心者大歓迎！

［メール］
575@mbs1179.com

［FAX］
06-6809-9090

［ハガキ］
〒530-8304
MBSラジオ
「しあわせの五・七・五」係

ホームページからも簡単に
投句していただけます。
（「しあわせの575」で
検索）

おわりに

水野晶子

近藤勝重さんとご一緒して30年余り。近藤師範の最初の印象は、現在の「健康川柳」の軽やかさとは程遠いものでした。私がパーソナリティを務める報道番組のコメンテーターだった近藤さん。事件の真相を語る姿は、重苦しい緊張の塊でした。毎日新聞のスター記者として、グリコ森永事件取材班をキャップとして率い、スクープを連発。その後「サンデー毎日」編集長として一連のオウム真理教事件と対峙。命を削る日々が続きました。

そんな近藤さんに転機を与えたのは、病。癌《がん》を告げられ真っ先に浮かんだのは、亡くなったお父さまの言葉「すべておまかせ」だったそうです。どんなときもくよくよせず朗らかに暮らし、川柳を愛した方でした。

自分にとって「癌は、生きながら生まれ変わるための病気」だと気づいた近藤さんは、生き方を選択し直しました。私から見れば「外敵に立ち向かう動の時代」から「内なる自己を見つめる静の時代」への大転換。
こうした経緯があって「しあわせの五・七・五」は誕生したのです。物事の意味をとらえなおす川柳の力で、私たちは生きながら生まれ変わることができる。番組のサブタイトル「川柳で生き方再発見」には、そんな願いが込められています。
「なあ癌よオレを殺せばキミも死ぬ」（徳留節）
ギリギリまで追い込まれた末に辿り着いた、癌細胞との対話。この境地に達するまでどれほどの時間と葛藤が必要だったでしょう。でも「苦」を「句」にする過程で癌をとらえ直した作者は、生きるエネルギーを再び取り戻したに違いありません。
実は、私には辛いとき呟くためのとっておきの川柳がいくつかあります。
「ケヤキ言う裸一貫やり直し」（然心爛漫）
いざというときの頓服薬を持ち歩くかのように、心に準備しているのです。副作用もなく、お金もかからず、荷物にもならず。
「嫌な事笑いにかえて生き上手」（勝又榮美子）
どうか、あなたにも川柳との新たな出会いがありますように。

近藤勝重　こんどう・かつしげ

コラムニスト。毎日新聞客員編集委員。早稲田大学政治経済学部卒業後の1969年毎日新聞社に入社。論説委員、『サンデー毎日』編集長、専門編集委員などを歴任。毎日新聞（大阪）の大人気企画「近藤流健康川柳」や『サンデー毎日』の「ラブYOU川柳」の選者を務めている。10万部突破のベストセラー『書くことが思いつかない人のための文章教室』『必ず書ける「3つが基本」の文章術』（ともに幻冬舎新書）など著書多数。MBSラジオ「しあわせの五・七・五」にレギュラー出演中。

まだまだ健康川柳
三途の川も遠ざかる

2021年7月5日　第1刷発行

著者　近藤勝重
発行人　見城徹
編集人　福島広司
編集者　前田香織
発行所　株式会社　幻冬舎
〒151-0051　東京都渋谷区千駄ヶ谷4-9-7
電話　03（5411）6211（編集）
　　　03（5411）6222（営業）
振替　00120-8-767643
印刷・製本所　中央精版印刷株式会社

検印廃止
万一、落丁乱丁のある場合は送料小社負担でお取替致します。小社宛にお送り下さい。本書の一部あるいは全部を無断で複写複製することは、法律で認められた場合を除き、著作権の侵害となります。定価はカバーに表示してあります。

©KATSUSHIGE KONDO, GENTOSHA 2021　Printed in Japan
ISBN978-4-344-03818-9　C0095

幻冬舎ホームページアドレス　https://www.gentosha.co.jp/
この本に関するご意見・ご感想をメールでお寄せいただく場合は、comment@gentosha.co.jpまで。